# 사랑 이후의 사랑

김은비

마음을 증명하기 위해 무덤들을 헤집었습니다.

사랑 이후의 사랑.

그건 내가 볼 수 있는 유일한 결말입니다.

⋮

2023년 봄

김은비

더 깊은 사랑으로의 초대 (57)

무덤들

# 도망자

이미 끝나버린 사랑보다 더 좋은 도피처가 있을까?
가끔은 마음을 역행해 과거의 사랑으로 간다.

# 미래영겁

콧노래가 나와 입 밖으로 뱉는 한숨조차 허밍이 되던

각자의 억겁의 환경이 연결돼 확장된 세계관 앞에
섰을 땐 영겁의 시간을 확신할 수 있었지 나는 너를
너는 나를 투영하던 거울의 관계

뜨거운 피자를 먹게 해주겠다는 일념 하나로 방바
닥 위 두툼하게 이불을 쌓아 올려놓고 피자의 온기
를 간직하던 방식의 사랑

그 시절 모든 값의 단위는 사랑이었고 그 값을 지
불하면서도 이보다 좋은 소비는 없을 거라며 마음껏
사랑을 사치했던

해맑고 천진난만하던 시간들 어쩌면 그게 전부라
금세 지루해졌던 걸까

눈을 감으면 떠오르는 길고 가는 손가락 저음의 목
소리는 존재하나 존재하지 않고 가져본 적 있으나
이제는 잃어버린 것
그때 그 사랑은 어디에 살고 있을까


죽은 사람도 아닌데 내게는 이미 떠나버린 망자 이
승 아니면 저승처럼 어쩌면
어딘가에서 우리를 다시 기다리고 있을까

# 10月

유일하게 0이 붙어 공허한 시월

## 앙상한 나무

겁먹은 얼굴과 참을 수 없는 마음의 끌림이 충돌할
때마다 나는 기어코 억누르지 못하고 무슨 일이든
저질렀다. 뱉어내면 잊었고 간직하면 앓았다.

가끔 사람들은 내게 방법을 묻는다.
어떻게 하면 글을 잘 쓸 수 있을까요? 어떻게 하면
사랑을 잘할 수 있을까요?
글쎄요… 그걸 알았더라면 제가 이렇게 살고 있을
까요? 그런데…
그걸 안다는 사람이 있던가요?

치중된 삶은 축복이 아니다. 풍성할 기회를 잃어
단출한 행색으로 끝끝내 돌보지 못하고 떨궈낸 가지
들을 그리워만 하는…

때때로 오는 무력감은 애써 채운 자존을 갉아먹는다.

# 어떤 단어만 보고도 누군가는 어떤 누군가를 떠올리지

판콜에이, 파리 테러, 프리다 칼로, 겨울, 소매가 긴 옷, 담배, 성냥, 이터널 선샤인, 생제르망, 꽃반지, 낚시 의자, 페스티벌, 필름 카메라, 망원 한강공원, 그린 플러그드, 맥도날드, 백발노인, 냉정과 열정 사이, Bae Bae, 아나키스트, 남서울미술관, 사당역, 시, 편지, 1일, 경복궁, 케첩, 아이스라떼, UFC, 1664 블랑, peer, 항공 정비, 파랑, 사랑

# 예지몽

매일 밤 반복되던 두려움의 표상
이별하기도 전에 울어버리던

가장 빛나던 시절에
기어코 누추하길 자처하던

# 한낱 슬픔

슬픔. 슬픔. 슬픔.
모든 게 슬픔으로 오는 하루.
뜨거운 입맞춤마저도
손끝 아린 추위를 이기지 못하지.
나는 영영 혼자였다가
이따금 아양을 부리고 싶을 때
사랑을 찾아가는 사람.
어떻게 살아야 할지 알겠다고 자신만만
장담하기 무섭게 다시
아무것도 모르겠다.

## *santé*

공허한 기분에 어딘가 구멍 난 하루
뜨거워 붉은 모습을 기대했지만 잘못된 타이밍
온도를 잘못 맞춰 쓸모없는 재가 돼버린 것만 같아
눈물로도 화답 받지 못했어
늙은 기린의 가죽 위를 위태롭게 걸었지
여기저기 흩어진 구름은 지난 마음에 대한 잔상
기억은 미화되고 추억은 각색돼
그렇다면 오늘은 뭘까
길을 잃은 문장은 아픈 사람이 만들어낸 미로
두서없는 마음은 아무에게도 가지 못했어

단순하고 직관적인 아름다움
둔탁하고 무거운 진동음
모난 마음이 편한 게 불편해
외딴섬이 될 때마다 느끼는 배신감
탓하는 마음은 있는데 대상은 없을 때
고독사하는 마음

## 인과관계 없음


어떤 불운이 우리의 미래를 앞당긴 걸까?
결국 헤어질 운명이었더라도
지금은 아니었을 것만 같은데
수도 없이 붙여보는 만약이라는 가정
가정은 사실이 될 수 없는데…


미처 몰랐던 게 있어
슬픔에도 불이 붙는다는 걸
세상의 모든 이별에 맞선 사랑의 대항군
기쁨도 슬픔도 함께하자던 약속 앞엔
고독하게 홀로 선 마음만 활활 타올라
쏟아지는 뜨거운 슬픔


 텅 빈 모래사장 위로 눈물 몇 방울 떨구어도 자욱
하나 없고
 힘껏 모래를 차며 달려도 파도에 휩쓸려 사라지는
발자국을 보며

결국 슬픔도 제자리라는 걸 깨닫지

광막한 세상은 어쩜 이리도 무심해
선이나 도형처럼 단순하지 않은 원인과 결과
나는 아직도 이 모든 일에 인과성이 있다고 믿는
걸까?

# 복기하는 사람

사랑하던 날로부터 점점 멀어질 때,
종이 앞에서 가까워지는 사람
흐려지던 찰나마다 선명해지는 날들이 만들어 낸
잊어버린 사람과 복기하는 사람

불 꺼진 도시
늦은 밤의 공원
우리만의 방

구겨진 맥주들
폭우 속에 젖었던
소매가 긴 옷을 만지던
맥도날드에서 제일 멋졌던

대체되지 않는 기억들

## 태초를 기억하는 생명에게 나는 얼마나 퇴보한 사람일까

모르겠어…
그냥 폭풍우에 휩쓸린 느낌이야.
정신 차렸을 땐 아름다운 무인도에 혼자 남았어.

## 환상과 환영


서서히 사그라지는 불꽃을 느꼈어요
마음이 뜨거우면 이게 참 지옥 같아요
환상이 클 때 만난 사람은 환영 그 자체
아! 그렇게 생각하니 실은 나는 그를 사랑하지 않
았을 수도 있겠어요
때로는 관계가 끝나야만 사랑이 커지기도 해요
이제는 내가 사랑의 대명사이고 싶어요

# 화려한 계절의 초라한 엔딩 앞

이파리를 모두 떨구어 낸 계절을 앞에 두고 비로소
지나온 생의 시간이 다정한 꿈속처럼 풍부했다는 걸
알았다
나는 사랑 안에서 얼마나 평온했나

내 인생을 대표하던 유행 노래처럼 계절에게도 그
런 힘이 있다
나를 어떤 날 어떤 순간으로 데려다 놓는 강한 끌림
얄팍하고 나약하던 시절의 사랑

내겐 그 시절이 비틀즈와 에이미 와인 하우스에요
사랑과 평화
평화로 가는 길은 지독하고 치열해 나는
오늘도 소매가 긴 옷의 끄트머리를 붙잡는다

# 무지개

사랑은 어딘가로 사라지고 추억만 남아
아주 가끔 무지개처럼 떠요
다가가도 좀처럼 좁혀지지 않는 거리
선명하게
떠올라서 잔인한 날 있잖아요
자주 슬프면 물웅덩이가 넓어져요
마음을 비추는 거울이 커지면
아무래도 무지개를 자주 볼 수 있을 것 같아요

# 트라우마

내가 처음 사랑한 얼굴을 잊은 뒤에도 몇 번 더 사
랑을 했다. 사랑한 얼굴이 늘어가고 여러 기억이 뒤
죽박죽 섞이자 눈이 세 개, 이마에 코가 달린, 입이
없는 그런 얼굴만 떠올라 결국 한 명의 사람을 떠올
리지 못했다. 느낌과 감정만 남은 게 마치 영화를 보
고 나온 직후 같았다.

마음에 드는 책을 빼들어 애꿎은 종이만 어루만졌
다. 글자에 따라 촉감이 달랐으나 대체적으로 사람
의 살결처럼 차갑고 보드라웠다. 어떤 기억이 파편
처럼 튀자 손바닥에 땀이 고였고, 종이에 얼룩을 남
겼다. 선명한 얼룩. 지난 사랑의 모양이었다.

## 나의 옛 애인들에게

목련, 개나리, 벚꽃이 한 번에 피는 장면을 목격하
곤 이런 생각을 했어. 요즘에는 자기 순서도 모르고
한 번에 피는구나. 이런 생각을 하는 나는 너무 나이
든 것만 같다. 모험심이 강하고, 거칠고, 뜨겁고, 가
볍고, 철없고, 누군가를 당황스럽게 하는 걸 즐기고,
무례하고, 뻔뻔하고, 이해할 생각도 이해받을 생각도
없고, 타인의 평가 없이도 미래는 온전히 나의 것이
던 그 시절은 뭐랄까. 참 젊었고 자유로웠지. 전부 어
디로 간 걸까······.

## 사랑의 메커니즘

내 애인이었던 사람들의 초상(肖像)을 떠올리면 자연스레 지난날의 자화상이 떠올라요. 청춘은 사랑의 메커니즘. 사랑만 있다면 나는 영생할 수 있어요.

더 이상 길거리에서 노래가 흘러나오지 않아요. 길을 잃은 자들을 어루만져 주던 수많은 가사말도 이제는 전설이 되었고요. 그 어떤 이별 노래도 슬픔을 달래줄 진혼곡이 될 수 없단 사실을 깨달은 세포들은 무덤 주변들 빙빙 배회해요. 미처 태우지 못한 것들이 묻힌 곳.

상실과 미련이 시대의 유행이 되기만을……

# 무덤을 떠나며

단수의 세포는 인간이 될 수 없어요.
기억은 내가 될 수 없어요.
고로 나는 그곳에 존재하지 않아요.

# 이 별의 주인

꽃밭을 지나 마주한 황량한 대지에 무엇을 심을 것
인지는 순전한 나의 몫.
텅 비었다고 낙담하는 대신
씨를 뿌리다 보면 얼마든지 가득해질 대지.

이별이란 새로운 나의 땅을 선물 받는 것.

연민의 얼굴과 구차한 마음은
버려진 사람만의 전유가 아닐 텐데.
함께 있어도 상대가 다독이고 보살피지 못하는 구
석 하나쯤은 누구에게나 있는 것.

그런 비밀을 가진 자는 언제나 스스로의 주인이 될
수 있는 법.
은밀한 치부가 도리어 마음을 편안하게 한다는 걸
모르는 사람에겐 알 수 있는 행운이 깃들기를.

이정표

# 집

지금까지 했던 소비의 카테고리를 정리하자면 옷 아니면 여행이었어요. 30만 원짜리 옷은 쉽게 사도 30만 원짜리 의자는 갖가지 이유를 들어가며 구매를 망설였고, 100만 원짜리 비행기 티켓은 고민 없이 긁었어도 150만 원짜리 테이블은 수년째 쩨려만 보고 있거든요. 근데 분명 그랬던 이유가 있었을 거예요.

제가 집에 머무는 시간은 늘 짧았어요. 그렇기 때문에 집안에 물건들이 내 기분이나 삶의 질을 향상시켜주는 일은 무리였던 것 같아요. 팬데믹 때문일 수도 있고, 30대가 되면서 일 수도 있고, 결혼을 결심하면서 일 수도 있고, 이유야 갖가지일 테지만 어쨌든 중요한 건 공간을 위한 소비가 늘었다는 거예요. 앉을 때마다 탄성감을 느낄 수 있는 디자인 체어도 샀고, 쨍한 오렌지색 조명도 샀어요. 새로 마련한 둥글고 하얀 접시 세트에 반찬을 덜어 먹고, 침구는 바스락거리는 재질로 바꿨어요. 생일이나 축하받을 일이 생길 때마다 나를 치장할 수 있는 선물을 골랐었는데, 이제는 집에 필요한 물건을 골라요. 그렇게 받은 선물들은 계절이나 기분 따라 집안을 환기할 때 유용해요.

제가 생각할 때 '집'이라는 건 인간에게 가장 큰 안온감을 줄 수 있는 공간이에요. 우리가 딛고 설 수 있는 바닥과 우리를 보호해 주는 지붕이 있잖아요. 저는 대체적으로 어떤 집에서든 뿌리를 잘 내리고 사는 편인 것 같아요. 하룻밤 묵는 호텔이나 에어비앤비, 친구네 집에서도 잘 먹고 잘 자는 편이거든요. 그렇게 생각하면 마음이 우리의 진정한 집이 아닌가 싶어요. 어디선가 "지붕 없이는 살아도 바닥 없이는 못산다"라는 말을 본 적이 있는데, 이 말이 인간의 생애에도 적용되는 것 같아요. 결국 토대가 좋지 않으면 무의미하다는 말처럼 느껴지거든요. 얼마나 높이 올라갔느냐 보다 중요한 건 어떤 땅을 딛고 서있느냐가 아닐까요.

'집'이라는 게 살다 보면 어떤 형태든 익숙해지고 적응이 되잖아요. 그래서 대충 되는 대로 사는 사람이 있는가 하면 그러니까 더 신경 써서 사는 사람이

있단 말이에요. 왜 이효리 씨가 한창 잘나가던 시절
이었지만 남이 보는 '나'가 중요하고, 정작 내가 나
를 보살피지 못했던 시절의 이야기를 할 때 이런 말
을 한 적이 있어요. "밖에 나갈 땐 세상 화려하고 예
쁘게 나가는데 정작 집에서는 샤워하고 내 몸 하나
닦을 수건 하나 없었다"라고. 그런 거 보면 집이라는
게 곧 내 마음의 상태인 것 같기도 해요. 집을 잘 치
우냐 안 치우냐로 사람을 일반화 시킬 수는 없겠지만
자기가 살고 있는 집을 잘 돌볼 줄 아는 사람치고 내
면의 힘이 약한 사람을 저는 못 본 것 같아요.

처음부터 공간의 중요성을 알았던 건 아니에요. 초
등학생 때 형편이 기울면서 지금 살고 있는 집으로
이사를 오게 됐어요. 붉은색 벽돌로 지어진 오래된
빌라인데 그때만 해도 무조건 신축이 좋고, 넓은 게
최고라고 생각했었거든요. 내 방이 작아졌단 사실
이 서글펐던 건지 아니면 어른들의 표정을 보고 집
안 분위기를 읽었던 건지는 기억나지 않아도 이사 첫
날 방에서 엉엉 울던 게 아직도 생각나요. 신축 찬양
과 대형 평수에 대한 로망으로 유년 시절을 보내다
가 언젠가부터 제가 살고 있는 집이 예뻐 보이는 거
예요. 오래된 붉은 벽돌 외관, 작은 화단, 방문 몰딩,

주방의 커다란 창으로 들어오는 햇살 같은 것들이 이국적으로 느껴지기도 하면서 따뜻했어요. 아마도 점점 도시가 정형화되고 있다는 느낌을 받으면서 우리집이 그 안에 속하지 않는다는 사실이 이 집을 더 특별하게 느끼도록 해준 것 같아요. 이런 기준점이 생긴 뒤로는 어디에 사는지, 집값이 얼만지, 평수가 몇인지 같은 것들이 생각보다 중요하지 않을 수도 있겠다는 생각이 들더라고요. 집안을 어떻게 꾸리고 사는지, 그 살림을 꾸리는 사람은 어떤 사람인지 같은, 드러나지 않는 요소들이 더 중요해졌어요.

예전에 한 호텔에서 투숙하는데 맞은편에 있는 아파트 거실들이 훤히 보였던 적이 있어요. 층수가 구분되지 않을 만큼 대부분의 거실이 똑같은 모습이었는데, 벽면에 딱 붙은 TV와 그 앞에 놓인 검은색 소파가 입주할 때부터 있었던 옵션처럼 동일했어요. 저한테는 그게 꽤 충격적이었는지 이제는 오히려 전혀 다른 형태의 집을 발견하면 기분이 좋아져요. 내 삶이 나아갈 방향성을 발견이라도 한 것처럼 벅차고 설레고요. 복사, 붙여넣기 같은 모습에서 탈피해 집의 모양이 다양해졌으면 하는 작은 소망도 있어요.

최근 가장 큰 고민은 신혼집이에요. 어떻게 하면 이 작은 아파트 안에 우리의 아이덴티티를 녹여낼 수 있을지 말이에요. 공장형으로 다닥다닥 지어진 작은 아파트인데다 내 집이 아니라 크게 변형을 줄 수도 없거든요. 리모델링 없이 실현 가능한 집 꾸미기에 대해 자주 생각해요.

  일어나자마자 커피를 마시는 습관이 있어 커피 머신과 침대를 한 공간에 둘 거예요. 안방 베란다 창으로 나무 한 그루가 아주 잘 보이거든요. 봄, 여름에는 푸릇하고, 가을에는 주황빛으로 물들고, 겨울에는 앙상해지는 그 한 그루의 나무를 잘 볼 수 있게 베란다에 작은 의자를 하나 둬도 좋겠네요. 외부와 내부가 단절된 느낌보다 이어진 느낌을 좋아해서 낮에는 늘 창문을 열어둘 거예요. 애인은 식물 돌보는 일을 업으로 하는 사람이라 집 안에 초록을 원 없이 둘 수 있어 든든해요. 숲세권 대신 집 안에 작은 숲을 만들어보는 것도 좋겠네요. 바닥에는 카펫을 깔고 싶은데 비염이 있는 애인을 생각해 그건 참아야 될 것 같아요. 저는 요리를 즐기지 않는 편인데 다행히 애인이 요리를 꽤 잘하고 좋아해요. 주방은 애인의 영역이 될 것 같아요. 애인과 내가 가족이 되어 살게 될 집은 어떤 모양이 될까요.

# 산책

만보기 앱이 나오기 전부터 하루 만 보 이상을 걸었어요. 지금의 제주는 버스 시스템이 잘 되어있지만 10년 전만 해도 버스 정류장에 가면 다음 버스 시간이 240분 찍히고 그랬거든요. 그런 시절에 매달 한 번씩 제주를 혼자 가곤 했었는데, 그렇게 배차가 길게 찍힐 때면 그냥 무작정 걸었어요. 바다도 보고, 나무도 보고, 돌담과 작은 집들도 구경하면서요. 산티아고 순례자의 길을 걸어본 적은 없지만, 그 시절 제주와 비슷하지 않을까 싶어요. 보통은 걷다가 지루해지면 카페 생각이 나는데 제주는 지루할 틈이 없었어요.

혼자 했던 가장 긴 산책은 파리였어요. 목적지 없이 나선 산책은 아니었고 집에서부터 에펠탑까지 걸어가보자며 집을 나섰죠. 집이 있던 마레 지구부터 에펠탑까지 약 6km의 거리를 걸었어요. 여기저기 한눈팔며 걷다 보니 두 시간 조금 넘게 걸렸던 것 같아요.

사랑이 많은 사람은 티가 나듯 파리에서 본 사람들에게선 자유와 여유가 티가 났어요. 지내는 동안 그런 모습을 많이 흡수했던 것 같아요. 매끈한 아스팔트보다 울퉁불퉁한 돌길을 좋아하는데 파리에는 그런 길이 많아 걷는 내내 행복했어요. 다만 그렇게 걷고 집으로 돌아와 발바닥을 봤을 땐 물집이 잡혀 난리도 아니었지만요.

최악의 산책은 똑같이 생긴 고층 아파트 사이를 걷는 일이에요. 그나마 조성된 작은 공원 안에는 걷는 사람이 아무도 없어요. 많은 사람들이 오며 가며 발때를 묻혀준다면 멋져질 텐데 대부분 고층에서 초록의 전경을 내려다볼 뿐, 공원에서 시간을 보내는 사람은 잘 없더라고요.

요즘은 효율성이 중요해지고 많은 부분들이 편리해진 대신 생각하는 힘을 잃어버리고 있다고 자주 느껴요. 사실 뭐든 빠르게 해결이 되면 생각할 필요나 겨를이 없거든요. 목적 없는 산책은 생각하는 힘을 길러준다는 믿음이 강하게 있어요. 거리 곳곳에 사색과 사유의 연결 지점이 있는데, 그 부분을 만났을 때의 희열감은 말도 못하게 좋거든요. 그 지점에서 반드시 우리는 어떤 감정의 충돌을 느끼고 때때로 메시지까지 이어지기도 해요.

대학생 때 만나던 두 살 연상의 남자친구가 취업을 하면서 축하 선물로 아버지한테 차를 한 대 받았었는데 저는 오히려 그때부터 그 친구랑 했던 데이트나 그 시절 연애가 잘 생각이 안 나더라고요. 그때 알게 됐어요. 아, 나는 나랑 같이 걸을 사람이 필요하구나. 더 어릴 땐 제가 사는 동네에서 같이 밤새 놀다가 집으로 돌아갈 택시비가 없어 계산동에서 부평까지 새벽 내내 걸어 집에 갔다던 친구도 있었어요. 짧게 만나 별 추억이 없는데도 불구하고 그때 그렇게 집까지 걸어갔다는 말을 뒤늦게 들었던 일은 이상하리만큼 또렷하게 기억에 남아요.

사랑을 고백할 때 하는 말들 중에서 '보고 싶어서 당장 달려간다'같은 그런 뉘앙스의 말들이 있잖아요. 그것만큼 사랑을 잘 표현하는 말도 없는 것 같아요. 제가 생각하는 사랑은 행동이거든요.

낮 산책, 밤 산책, 바다 산책, 공원 산책, 골목 산책……. 산책은 가리지 않고 좋아하지만, 홍매화가 피는 계절에 하는 창덕궁 산책은 별미에요. 처음 홍매화를 봤을 땐, 이렇게 예쁜 걸 보고 감탄사를 어떻게 참냐고 하면서 호들갑 떨기도 했어요. 지금껏 수많은 분홍 꽃을 봤지만 그런 분홍빛을 띤 꽃은 본 적이 없거든요. 특히 고궁 산책은 계절별로 느낄 수 있는 게 다르기 때문에 산책보단 도시에서 할 수 있는 짧은 여행 같아요. 산책 중에 감탄이 잦아지면 여행이 되기도 하거든요. 결핍된 낭만을 채우기에 산책만 한 게 없어요.

운동은 게을리해도 산책만큼은 꾸준히 해요. 걷는 일을 의식하고 한 적은 없지만, 산책을 하지 않은 날에는 현저히 기분이 안 좋다는 걸 느껴요. 나를 알기 위해선 두 가지는 꼭 성실하게 해야 해요. 산책과 사랑.

# 기념일

살면서 기념할 만한 일을 만드는 것만큼 근사한 일은 없는 것 같아요. 삶을 지속하는 궁극적인 목표는 다들 비슷하잖아요. 생일을 챙기고, 만난 날을 기념하고, 제철 음식을 먹고, 처음의 순간을 복기하는 일을 통해 단조로울 수 있는 일상이 순식간에 풍성해지는 걸 느끼는 편이에요.

가장 큰 애정을 가지고 챙기는 기념일을 꼽으라면 그건 단연 제가 태어난 날이에요. 어릴 때부터 생일이면 알아서 학교에 안 갔어요. 자체적으로 생일을 공휴일로 지정한 거죠. 늦잠 자고 일어나 카페 가서 읽고 싶었던 책을 읽거나 일기를 쓰면서 생일을 보냈어요. 한낮에만 느낄 수 있는 특유의 템포를 가만히 느끼고 앉아있으면 그게 적당히 외로우면서도 행복해서 좋았거든요. 그렇지만 가슴이 벅차 터져버릴 것만 같은 기쁨은 타인의 마음이 제 마음과 어우러져야만 가능한 기분이에요. 보통은 생일을 얼마 안 남겨

두고 생일날 뭘 할지 고민을 하잖아요. 근데 저는 그 해에 생일을 보내면서 다음 해 생일을 계획할 만큼 생일을 유별나게 챙기기로 유명해요. 지인들과 함께 하고 싶은 게 늘 많거든요. 참고로 올해 생일은 전망이 좋은 식당에서 맛있는 음식을 나누어 먹고 다 같이 한강 유람선을 탈 계획이에요. 파리에 갔을 땐 유람선을 세 번이나 탔었는데 정작 한강에서는 타본 적이 없더라고요. 해보지 않았던 것, 혹은 해봤는데 너무 좋았던 것들을 생일날 사람들과 함께 해보는 편이에요.

나이를 먹을수록 생일에 별 감흥이 없다는 말을 들으면 너무 안타까우면서도 이해는 돼요. 사실 사회에 나오면서 생일을 특별하게 보내는 일이 쉽지는 않잖아요. 평소와 별반 다를 게 없는 사이클로 하루가 돌아가니까요. 그렇지만 절대 내 몫으로 온 오늘의 행복을 놓쳐서는 안 돼요. 스스로와 타인을 알뜰살뜰 보살피다 보면 결국 내 행복이 주변과의 화합에서 온다는 걸 알게 돼요. 바쁘고, 귀찮고, 피곤하고, 그런 부정적인 감정을 뒤로하고 온전한 마음으로 응원해 주고 축하해 주는 가족, 애인, 친구들이 있어 가능한 행복이죠. 그 마음을 동력으로 삼고 어떻게든 한 해를 버티는 것 같아요. 내 삶이 별 볼일 없이 시시할 때도, 반짝반짝 황홀할 때도, 언제나 곁에 있어주는 사람들 덕분에 남은 생도 감히 행복할 거라고 장담해요. 앞으로도 생일은 계속해서 유난스럽고 싶어요.

# 글쓰기

아주 오래전부터 제 삶의 이정표가 되어주었던 건 글쓰기일 거예요. 사랑을 믿기 전부터 글을 썼거든요. 누구에게나 인생에 그늘진 부분이 있잖아요. 저한테는 초등학교 4,5학년 무렵부터 중학교 3학년 때까지가 그늘의 시기였던 것 같아요. 그때는 지금처럼 기분이나 감정을 바로바로 뱉어내지 못했어요. 혼자 생각하고, 곱씹고, 그러다 노트를 펼쳐 글을 썼죠. 얼마 전에 책장을 정리하다가 어릴 때 쓴 일기장 뭉텅이를 발견했어요. 학교 숙제로 썼던 일기장, 하루의 날 것이 모두 적힌 비밀 일기장이 뒤섞여 책장의 구석진 한 칸을 꽉 채우고 있더라고요. 재미 삼아 꺼내 읽기 시작했다가 중간에 읽는 걸 멈추고 전부 쓰레기통에 버렸어요. 어린 시절의 은비가 가엾고 마음 아파서 더는 볼 수가 없겠더라고요. 평범한 가정이 이혼 가정이 됐지만 아무도 그걸 어린아이한테 제대로 설명해 주지 않았어요. 그래도 그 시기가 있어 제가 글을 쓰는 사람이 되지 않았나 싶어요. 저한테 일어난 모든 행과 불행이 저를 쓰는 사람으로 살고 있게 해준다고 생각하거든요. 그렇기 때문에 결과적으로 부모의 이혼이 제 인생에 페널티로 작용하지도 않고요.

작가는 이타적인 직업이 아니라고 생각해요. 온전히 제 경우에서만 보자면요. 우선 1차적인 목적은 자가 치유, 그다음 운이 좋아야 타인을 위로하고 어루만져 줄 수 있는 것 같아요. 그래서 저는 글을 쓸 때 무조건 제 마음에 드는 문장이어야 해요. 타인의 마음에 들고 안 들고의 문제는 모두 운에 맡기고요.

드물지만 가끔씩 워크숍이나 글쓰기 수업을 하곤 하는데 그럴 때마다 글쓰기가 어렵다고 말하는 사람들을 만나요. 그럼 저는 편지나 일기를 써보라고 하고요. 글쓰기가 어렵다는 건, 직면이 어렵다는 반증이기도 해요. 누군가를 떠올리며 하얀 종이 위에 완전한 마음을 옮긴 편지를 쓰거나 받아본 경험이 있다면 알 거예요. 편지 한 통이 가진 문학의 힘을요. 잘쓰인 글은 자신의 마음을 직면하는 용기이자 인정이에요. 스스로의 모난 부분부터 사랑스러운 부분까지 구석구석 살펴주세요. 그 태도가 언젠가 좋은 글쓰기로 이어질 거라 믿어요.

사실 책이 아닌 드라마를 쓰고 싶었어요. 고3 때 대학 원서를 서울예대 극작과 한 군데만 넣을 만큼 명확한 꿈이었죠. 여전히 지망생이에요. 가진 마음에 비해 최선을 다해본 적이 없어요. 그렇기 때문에 드라마를 쓰는 내 모습이 기대되기도 하고, 지금도 꿈이 있다는 게 기쁘기도 해요. 요즘은 치유받고 싶은 게 없어 그런지 제 이야기를 많이 남기지 않게 돼요. 대신 다른 사람들이 조금씩 궁금해지고 있어요.

한국 드라마 수준이 많이 올라갔다고 하지만 저는 '내 이름은 김삼순'을 보고 자란 세대예요. '파리의 연인'을 보고 돼지 저금통을 사서 잠깐이지만 저축도 해봤고요. '미안하다 사랑한다'를 보고 배우 임수정을 따라 어그 부츠도 샀었어요. 그래서 그런지 저는 그런 유치한 구석이 조금씩 있는 이야기들이 좋아요. 인간은 어른이 돼서도 약간의 미숙한 부분이 있잖아요. 그걸 잘 받아들일 줄 아는 사람이 되고 싶고, 잘 표현하는 이야기를 만들고 싶어요.

무언가 보고 싶긴 한데 새로운 걸 보고 싶진 않을

때 자주 꺼내보는 영화나 드라마들이 있어요.

해리가 샐리를 만났을 때, 노팅힐, 비포 선셋, 이터널 선샤인, 클로저, 섹스 앤 더 시티, 미드나잇 인 파리, 애니홀, 맨하탄, 라이크 크레이지, 어바웃 타임, 연애시대, 네 멋대로 해라, 그들이 사는 세상, 굿바이 솔로, 괜찮아 사랑이야, 파스타, 커피 프린스 1호점, 내 아내의 모든 것, 8월의 크리스마스. 여기 적어둔 영화나 드라마는 최소 두 번씩은 봤던 작품들이에요. 굳이 공통점을 찾자면 사랑이네요.

순수하고 고결한 감정이 요즘처럼 진귀하게 보였던 때도 없었던 것 같아요. 사랑에 빠졌을 때나 누군가를 위로할 때처럼 감정적인 순간에 이성적이길 원했던 적이 있냐고 묻는다면 단번에 아니라고 대답할 수 있어요. 그만큼 제겐 사랑의 순간들이 귀중해요. 나이를 먹어서도 말간 얼굴로 대답하고 싶어요. 사랑이 최고라고.

피아니스트 임윤찬씨가 산에 들어가 피아노만 치고 싶다고 했는데, 정말 산에 들어가고 싶다는 게 아닌 그저 음악만을 위해 살고 싶다는 이야기였다고 말하는 인터뷰를 봤어요. 그 마음이 글쓰기를 향한 제 마음과 같아요. 드라마를 쓸 수 있으면 가장 좋겠지만 어떤 형태로든 글을 쓸 수 있는 삶이라면 좋을 것 같아요. 글쓰기와 영영 멀어지고 싶지 않아요. 지금 이 꿈이 천직일 수도, 아닐 수도 있겠지만 그래도 해볼 거예요. 그게 정말 멋진 거니까요.

# 고독

사전적 의미로 보면 고독은 세상에 홀로 떨어져 있는 듯이 매우 외롭고 쓸쓸한 상태를 말해요. 그렇지만 저는 고독을 외로움과는 조금 별개의 상태라고 생각해요. 외로움은 스스로를 채울 힘이 없는 연약한 상태지만 고독은 독자적인 힘을 가지고 있다고 생각하거든요.

사람을 좋아하는데도 혼자만 남겨진 시간은 꼭 필요해요. 고스란히 완전한 혼자만의 시간이요. 그래야만 충만하게 채워지고 있다고 느껴요.

보석 같은 순간들은 주로 혼자 있을 때 포착되는 경우가 많아요. 이름 모를 곤충들이 사람들 속을 헤집고 다니는 게 얼마나 귀여운지 아는 사람, 어제의 해와 오늘의 해가 다를 건 없겠지만, 어제와 오늘이 다르다는 걸 이해하는 사람, 낯선 길목과 작은 상점에 오늘의 운을 걸어보는 사람, 그런 사람이야말로 충만

한 고독의 상태를 이해하는 사람들일 거예요. 버지니
아 울프가 강조하는 자기만의 방처럼 사람들은 자기
만의 세계를 가져야 해요.

대체적으로 삶을 지속하는 대부분의 행위에 고독이
동반해요. 누군가를 열렬히 사랑하는 그 뜨거운 순간
마저도 우리는 고독하잖아요. 그래서 저는 냉정과 열
정, 불행과 행복이 같은 선상에 있다고 생각해요. 불
행해도 좌절할 필요 없고, 행복하다고 오만할 필요도
없죠.

고독이 가져오는 감정에 동요되기보단 본질에 집중
해야 합니다. '나'이기도 했다가 내가 아니기도 하는
기묘한 경험을 이해한다면 척박함 속에서 찬란함을
마주할 수 있을 거예요.

무언가를 강하게 숭배하면 무엇이든 내 안에 남게
되는 것 같아요. 이정표로 삼는 것들을 숭배해요. 그
것들이 제 힘이기도 하고, 답이기도 해요.

더 깊은 사랑으로의 초대

# 나는 너를 왜 사랑하는가

언제나 젊은 날이 아니기에 너를 선택했다. 너를 사
랑하기로 마음먹고 난 뒤로 얼마나 자주 자문했는지
모른다. 정말 너를 사랑할 수 있겠냐고. 크고 작은 병
을 앓고 있는 너를 평생 보살필 수 있겠냐고.

선풍기 한 대가 겨우 돌아가는 낡고 허름한 가게에
서 돈가스를 먹던 저녁, 실은 그날 아침 일찍 나는 누
군가의 차를 타고 잘 정돈된 식당에서 그가 구워주는
고기를 먹고 왔지만, 이상하게도 삐질삐질 흐르는
땀을 닦으며 돈가스를 먹던 게 더 행복했다. 나는 애
초에 이런 싸구려 인간인 걸까 아니면 이런 싸구려도
너랑 함께라면 행복한 걸까. 사랑이 모든 감각을 지
배할 때 결국 모든 건 낭만으로 포장된다.

누군가를 사랑하고 이별해도 가장 잊지 못하는 건
이런 일들이었다. 1박에 40만 원 하는 호텔에서 잠을
잤던 일은 "1박에 40만 원이야. 너무 비싸. 근데 진

짜 좋더라!" 이런 현상적 묘사만이 추억으로 남아있지만, 창문이 떨어져 한겨울 추위가 고스란히 느껴지던 방에서 잠을 잤던 일은 몇 년이 지난 지금도 그날 이야기를 하며 배를 잡고 웃는다. 그때 온돌 바닥은 지옥의 온도일까 싶을 만큼 팔팔 끓었는데 이불 밖으로 나온 얼굴은 얼음장처럼 차가워 이를 으드드드 떨었던 기억이 난다. 결국 새벽같이 일어나 화장실에서 세수랑 양치질만 하고 나와 시골에 하나 있는 목욕탕에 갔던 날. 늘 단정한 모습만 보여주다 처음으로 파랗게 질린 입술과 부스스한 머리, 통통 부은 얼굴을 보여주던 날. 서로의 얼굴을 보며 마음껏 비웃던 날. 남탕은 이런 모습이고 여탕은 이런 모습이라고 설명해 주던 날. 나는 그날 마음으로 너와 결혼했다.

누가 봐도 값비싸고 멋지고 화려한 것들은 내겐 쉬운 길이다. 돈만 있으면 가능한 것들. 그런 것들이 나를 뒤흔들어놓은 적은 지금껏 단 한 번도 없었다. 내가 동요되던 순간들의 공통점은 자연 가까이에서 사랑하는 사람과 웃고 있을 때였다. 가진 게 없어도 탓하지 않는 마음과 찌푸리지 않는 얼굴이 좋다. 돈 때문에 고생 좀 해본 엄마는 이런 내 꿈을 추상적이라고 말했지만 그건 결코 비판이나 비난이 아니라는 걸 잘 안다. 엄마의 경험치가 만들어낸 나를 위한 순수한 염려다. 그렇기에 내 꿈에는 더더욱 사명감 비슷한 게 생겼다.

 무엇이 됐건 그렇게 살면 그건 더는 꿈이 아니라 현실이 된다.

# 계속되는 질문 앞에 묵묵한 답변

오늘 죽으면 내일 다시 태어나기 때문에 성실할 수밖에 없다.

공든 탑을 매일 무너뜨린다.

모든 사랑이 비슷하면서도 다른 이유는 사랑을 제공하는 방식의 차이에 있다. 공원을 걷고, 맛있는 음식을 나눠 먹고, 여행을 가고, 대화를 하는 등 커다란 틀만 보면 반복되는 것 같겠지만 세세하게 뜯어보면 전혀 다른 이야기가 된다. 그래서 우리가 하는 사랑은 매번 닮아있지만 다르다.

제한된 줄로만 알았던 삶의 폭은 실은 측정할 수 없을 만큼 넓다. 나는 세상 모든 게 궁금하다. 나는 세상에 존재하는 모든 사랑이 가진 경우의 수에 대해 생각한다.

# 가장 잘 해내고 싶은 일

무엇이든 하나를 꾸준히 하다 보면 그것과 함께 성장하는 나를 볼 수 있다. 내겐 그게 사랑이다. 무한한 세계의 재발견. 어디까지 넓어질 수 있을지 궁금한 사랑의 지평.

사랑을 정말 잘할 수 있을 때까지 해보고 싶다. 떳떳하게 잘 해내고 싶은 유일한 일이다.

# 조력자들

한 명의 아이를 키우기 위해서는 온 마을이 필요하다는 말이 있다. 이건 비단 아이에게만 국한된다고 생각하지 않는다. 인간이 건강한 자아를 가지고 살기 위해서는 서로 간의 화합이 중요하다.

한 사람과 연인이 되고, 사랑을 결심하고, 가정을 꾸려 살기까지 모든 순간에 실은 도움을 주는 사람들이 있다. 진정으로 사랑의 힘을 믿는 사람들. 겉으로 드러나지 않는 사랑의 조력자들. 오늘은 그들을 위해 두 손을 슬며시 포개고 싶다.

# 일 년 편지

생일을 맞아 강원도에 있는 낡고 작은 호텔에 간 적
이 있다. 살짝 패인 소파에 앉아 창밖을 보는데 직원
이 다가와 따뜻한 웰컴티와 선물을 내어주며 인사를
건넸다. 호텔 이름이 적힌 머그컵, 우리를 반기는 편
지와 함께 지금의 우리 모습을 폴라로이드 사진 한
장에 남겨주었다.

바깥에는 빨간 우체통이 하나 있었다. 편지를 써서
우체통에 넣으면 일 년 뒤에 보내준다고 했다. 사랑
스러웠다. 매력적으로 느껴지는 것들에겐 이야기가
있는 법이다.

부슬비를 맞으며 호텔 밖을 산책했다. 몸을 덜덜 떨
면서도 바다는 봐야겠다며 한참을 걸어나갔지만 안
개가 자욱하게 낀 탓에 바다가 호수만 해 보였다. 처
음으로 같이 대게 요리를 먹었고, 다시 호텔로 가는
길에는 가판대에서 강원도 오징어를 샀다.

하루를 정리할 새도 없이 하루가 저물었다. 일기는 못 썼지만, 편지는 쓰고 싶은 날이었다. 체크인할 때 받았던 편지지를 꺼내 눈앞에 애인을 두고 편지를 썼다. 편지를 쓰며 일 년 뒤 우리는 어떤 모양이 돼있을까 걱정으로 짐작하며 상상했다. 혹시 모르는 상황을 대비해 편지를 받는 사람은 내가 아닌 애인으로 해두었는데 이제 한 집에 살게 되면서 그때 그럴 필요가 없었다는 걸 알게 됐다. 사랑에는 괜한 기우보단 강한 믿음이 필요하다.

# Rose is a rose is a rose is a rose*

수시로 연락이 되지 않으면 마음이 불편해지는 사람. 데리러 오지 않고, 데려다 주지 않으면 괜히 심술이 나는 사람. 자신에게 집착해 주지 않으면 관심이 없다고 느끼는 사람. 통제하지 않으면 안 되는 사람. 사람들이 말하는 사랑에서 가끔 오류를 발견한다. 존중과 배려가 그런 단편적인 부분으로 증명되진 않을 텐데.

우리는 언제든 사랑 안에서 자유로울 수 있어야 한다. 나아가 상대가 독립적인 존재가 될 수 있도록 인내하고 응원할 줄 알아야 한다.

아주 오래전부터 모든 걸 해결해 주는 사람보다 나의 모든 선택에 응원을 보내주는 사람이 좋았다. 나를 지켜봐 주고, 행여 내가 무너지더라도 일어설 때까지 기다려주는 방식이야말로 사랑에 가깝다고 느낀다.

모든 걸 간편하고 빠르게 해결해 주는 사랑은 어떤 관계에서든 독이 된다. 믿음 없이 흐르는 시간, 가득 찼으나 텅 빈 공간, 함께 있지만 추억이 없는 관계는 얄팍하다.

*
거투루드 스타인(Gertrude Stein), 1922년에 발표한 책 『지리와 희곡』의 수록 시 「신성한 에밀리」(Sacred Emily) 중에서.

## 작지만 확실한 행복

글만 쓰게 해주겠다는 약속을 내게 처음 해준 건 지금의 애인이었다. 유독 그 말이 든든했던 이유는 과거에 했던 연애에서 돈이 안 되면 다른 길을 찾아보란 말을 들었기 때문이었다.

작더라도 무엇이든 자유의지로 고르고 싶다. 하고 싶은 일만 한다는 건 결코 위안이 아닌 축복이다.

당장 떠날 수 없는 현실을 비관하기보단 애인과 산책을 하거나 드라이브를 한다. 맛있게 먹을 수 있는 메뉴를 고민하고 함께 장을 본다. 일단은, 아직은, 이렇게 행복할 수 있어서 다행이다.

# 사랑의 편린

마스다 미리의 책 『내가 정말 원하는 건 뭐지』*에서 나오는 '이제 평생동안 데이트 약속으로 가슴이 두근 거리는 일 같은 건 없겠지. 좀 더 놀아둘 걸 그랬어.' 라는 말이 마치 나의 미래 예언처럼 보였다. 6년째 연애 중인 애인과 하는 데이트가 떨린다면 그건 거 짓말이다. 대신 쉽게 서운하지도, 화가 나지도 않는 평온함과 안온감이 생겼는데 그게 때때로 지루할 때 가 있다. 다양한 사랑의 면모를 이해한다고 생각했는 데… 설렘만이 사랑의 감정이라고 고집하지 않는데 도 가끔은 어리석어진다.

마스다 미리, 『내가 정말 원하는 건 뭐지』, 이봄, 2012

## 큐피트

결국, 누군가를 아무리 사랑한다고 해도 본래의 나 자신으로 돌아오게 된다. 그래서 차라리 척을 하기보다 불안정하고 제멋대로인 내 모습을 보여주는 편이 관계를 위해 나을지도 모르겠다.

점점 성숙해지는 모습을 보여준다면 또 모르지. 사랑이 조금 더 오래 내 편이 되어줄지도.

# 바다에서

밑도 끝도 없이 단순한 시간들을 보냈다. 의식하지 못한 채로 시작된 시간이었기에 언제부터라고 가늠조차 할 수 없었지만 좋았다. 그냥 좋았다.

애써 호흡을 다듬고 싶지 않아 글은 쓰지 않았다. 명료하고 단순한 감탄사만 가득했다. 소원은 투명했고, 오래된 마음은 정리됐으며 새로 틔운 마음은 조금 수줍어 아직은 말하고 싶지 않다.

의도하지 않았기에 더욱 의심 없는 시간을 보낼 수 있었다. 허투루 보내고도 남김없이 멋졌다.

# 산책 메모

모든 게 딱 맞아떨어지고 예측 가능할 때만 안전하다고 느낀다면 그걸 진짜 인생이라고 할 수 있을까.

내가 아는 가장 훌륭한 여자는 사랑하는 사람이랑 싸워도 보고, 헤어져도 보고, 경제적 빈곤함으로 실망도 해보고, 때로는 상대에게 져보기도 하고, 수많은 결함을 메워가며 사는 게 사랑이자 삶이라고 말했다. 그게 바로 '사는 맛'이라고 말이다. 아마도 그 말을 듣고부터 굴곡진 인생을 찬양하게 된 게 아닐까 싶다.

행복 별거 없다고 말하면서도 왜 자주 행복할 수 없는지 궁금했는데 혼자 나무 아래를 걷다가 답을 찾았다. 가진 걸 헤아리지 못하는 것도 무책임이고 불성실이다.

어딘가 엉성하고 때론 좀 멋없어도 괜찮다고 생각

하니 스스로와 타인에게 너그러워질 수 있는 용기가
나는 것도 같다. 지금 내가 사랑하고 있는 이 사람 대
신 내가 죽어줄 수는 없겠지만, 이 사람이라면 어디
든 함께 갈 수 있다는 마음이 낯설지만 담대하게 차
오른다. 이 정도면 내가 사랑하는 가장 훌륭한 여자
는 안심하고 내 사랑을 응원해 줄 수 있지 않을까.

# Yes, I do.

집안일로 장시간 집을 비웠던 애인이 돌아와 내게
결혼하자고 말했다. 각 잡은 분위기 없이 준비된 반
지도 없이 마치 지금 이 사랑을 참을 수 없다는 식의
프로포즈였다. 영화 '어바웃타임'이나 '스타이즈본'
에 나오는 프로포즈 장면을 특히 좋아하는 나로서는
그 순간 터지는 눈물을 참을 수 없었다.

애인을 만나지 않고 지낸 며칠 동안 허전하고 어색
하다고 느꼈다. 달라진 게 없는 일상과 풍경인데도
이상하게 단조롭고 어딘가 간이 안 된 맹맹한 국을
들이켜는 기분이랄까. 인생에 있어 중요한 깨달음을
우리는 붙어있는 동안이 아닌 멀리 떨어져 있는 동안
알게 됐다.

주저앉아 울던 애인의 모습을 처음 보던 날, 다가가
등을 보듬어 주며 생각했다. 훗날 이 사람에게 다시
이런 일이 생겼을 때, 그때도 이렇게 보듬어줄 수 있

었으면 좋겠다고. 애인은 외동이라 많이 외롭고 버거울 테니까….

애인은 내게 기록되지 않는 행복도 있다는 걸 가장 많이 알려준 사람이다. 사진도 비디오도 일기도 남지 않은 어떤 순간과 어느 날이 우리 사이에는 많다. '쓰는 나'보다 중요한 게 있다는 걸 덕분에 잊지 않는다. '사는 나'의 행복을 가장 많이 기원해 주는 사람이다.

굳건한 사랑은 인간을 다시 일어설 수 있게 만든다. 형벌처럼 느껴지는 생(生)일지라도 우리로 살게 해준다.

# 이 시대 마지막 사랑의 수호자

오늘 이 강력한 약속이 힘을 잃어도 끝까지 고집을
피우며 차라리 원수가 될래. 꽃이 진 자리에는 반드
시 꽃이 다시 피는 거 알지. 사랑이 드리운 자리에는
사랑의 얼룩이 남는 법이야. 어떻게든 흔적을 남기
자.

# 대답

목덜미 간질이는 계절
찌르르한 날씨
밤새 여문 초록물이 빠질 때
드러나는 앙상함
그걸 보고도 넌 걸음을 멈출까

검은 마음에 하얗게 드리운 자리
붉은빛도 아닌 것이
매우 강렬해

명명할 수 없는,
평생에 걸쳐 쌓아온 감정이
이름을 달리하는 순간
사랑한다고 말해

# 7월의 일기들

*(1)*

애인이 내 머리칼을 쓸어 넘겨주던 어젯밤이 있어 오래간만에 꿈도 꾸지 않고 푹 잘 잤다.

"은비야 넌 입에서도 향기가 나… 은비야 넌 너무 예뻐… 은비야 널 너무 사랑해… 은비야 넌 세상에서 제일 멋진 사람이야… 은비야 잘 자…"

마주 보고 누운 우리 사이에 생긴 작고 둥근 공간이 동굴이 되어 애인의 낮은 음성이 묵직하게 울렸다. 불안을 잠재우고 안온감을 가져다주는 사랑. 어제는 그런 사랑이 있어 잠들 수 있었다. 가끔은 현실이 꿈만 같아 꿈을 꾸지 않는 걸지도 몰라.

받으면 꼭 주고 싶다. 사랑이 깊을수록 보답하고 싶은 욕망은 힘이 세진다. 양보다는 질이 중요하다고 생각해 마땅한 마음을 건네지 못하고 지나치기 일쑤

였던 지난날들이 분명 있을 텐데…….

마음의 힘이 약해질 때는 떠올리자. 사랑의 순환을.
지금껏 내가 만난 사람들 중에서 좋은 면모만 있는
사람이 없었다는 사실을. 그렇기에 우리는 결함 앞에
서도 당당할 수 있어. 무엇이 부족한지, 왜 이런 부분
에 내가 유독 예민해지는 건지, 나는 왜 그것을 바라
는지, 적확한 직시를 할 수 있는 마음을. 절실한 용기
가 관계를 만든다.

*(2)*

엄마가 결혼 준비 잘하라며 내 계좌로 돈을 입금했
다. 양가 집안이 아무것도 하지 않기로 했는데도 이
불은 해야 한다나 뭐라나. 그렇게 하나씩 주고받다간
이 결혼에 주도권을 빼앗길 것 같아 단호한 말들로
선을 그었더니 그럼 사위 될 사람의 예복만은 자신이
맞춰주겠다며 보내온 돈이었다.

어릴 땐 엄마가 벌어온 돈을 쓰는 일에 조금의 부채
의식도 없었다. 내가 사고 싶은 게 있다고 말하거나
돈을 달라고 하면 엄마는 늘 빼지 않고 주는 편이었

다. 지금 생각해 보면 엄마는 자신이 자식에게 준 결핍을 그렇게나마 채웠던 것 같기도 하다. 세 식구가 모두 넉넉하긴 힘든 가계 사정에 나만 풍족했음을 뒤늦게야 알아챘다.

엄마는 자주 모순된 이야기를 한다. 어릴 때부터 돈 따라가지 말라는 가르침을 주며 알바도 못하게 하고, 지금까지 하고 싶은 일을 꾸준히 할 수 있도록 경제적인 부담 한 번 주지 않았지만 반대로 남자만큼은 경제적으로 안정된 남자를 만나길 바랐다. 돈 때문에 고생해 본 엄마의 경험을 떠올리면 충분히 납득되는 모순이지만 이미 돈 없는 사람을 사랑하고 있는 나로서는 달갑지 않은 마음이기도 하다. 엄마가 내게 쏟은 애정과 경제적 부담을 그대로 돌려줄 수는 없겠지만 언젠가는 그게 가능하지 않을까 생각을 한 적도 있었다. 하지만 나이를 먹으면 먹을수록 나 자신에게 더 큰 액수의 돈이 들어가 엄마를 챙길 여유는 예나 지금이나 없다.

요즘은 자주 결혼에 대해 생각한다. 정확하게 이야기하자면 '이 결혼'에 대해서 생각한다. 이 결혼이 맞는 걸까? 미안함과 울컥하는 마음으로 얼룩진 사랑을 마냥 기쁘게만은 받을 수 없는 이 상황에서 결혼을 하는 게 맞는 걸까? 울타리를 떠나 독립하는 일도 힘들었는데 새로운 울타리를 갖는 일도 쉽지 않다. 아…… 왜 결혼을 한다고 해가지고.


(3)

롤랑 바르트는 말했다. '더 이상 자기 자신에 대해서 말하지 않고 사랑하는 타인들에 관해 말하는 것이 구조 활동이다.'

생각보다 나는 사랑하는 타인을 자세히, 면밀하게, 세부적으로 들여다본 적이 없다. 그저 나만 보기 바빴지. 내 얘기만 하느라 바빴지.

말 나온 김에 눈앞에 애인을 본다. 애인은 드러난 피부는 까맣지만 속살은 새하얗다. 처음에는 그게 너무 신기했는데 지금은 나도 그렇다. (도대체 이유는 모르겠다.) 장발이 잘 어울리고 덥수룩한 수염도 잘 어울리지만 두상이 예쁜 편은 아니어서 머리를 밀겠다고 할 때마다 만류 중이다. 애인의 눈꼬리는 중력의 힘을 받은 것처럼 축 늘어져 순한 이미지를 자아

낸다. 눈꼬리와 관련해 몇 해 전에 있었던 일이다. 늦은 오전에 벗은 몸으로 함께 작업실 바닥에 누워 있는데 엄마가 커피 한 잔 얻어 마시러 왔다며 문을 두드렸고, 서둘러 옷을 입고는 어색한 얼굴과 구부정한 몸, 애써 반가운 표정을 지으며 현관문을 열었다. 그게 엄마와 나, 애인 이 세 사람의 첫 만남이었다.

"처음 뵙겠습니다."
"어머, 반가워요."

들숨에 날숨이 나가고 날숨에 들숨이 나갈 만큼 엉망진창이지만 우리 셋 중 그 누구도 대놓고 당황하거나 어색한 티를 내지 못했다. 커피 한 잔 얻어 마시러 왔다던 엄마는 신발도 벗지 않고 현관에 서 있다가 재미있게 놀다 가라며 서둘러 문을 닫고 나갔다. 그렇게 정신없던 와중에도 엄마는 애인을 매의 눈으로 훑었다.

저녁에 집에 들어가자 가장 먼저 엄마가 내게 한 말은 인상이 좋다는 말이었다. 눈매가 쳐져서 귀엽다고.

"응, 착하고 귀여워."

"근데 시력이 많이 안 좋은가 봐?"

나는 그 말에 심장이 덜컹했다. 왜냐하면 엄마는 안경 쓴 사람에 대한 불호가 확실한 편이었기 때문이다.

"아… 어…"
"어쩐지, 안경 도수가 높아서 그런지 눈이 작아지더라니. 귀엽더라."

엄마의 말에 곧장 폭소로 바뀌었다. 애인의 타고난 작은 눈을 엄마는 안경 도수가 높아 작아 보이는 착시라고 생각한 모양이었다. 원래 눈 크기가 그런 건데… 하하하. 눈이 작아 기쁜 짐승도 있구나.

애인의 처진 눈꼬리와 작은 눈은 가끔 억울해 보이기도 하고 애처로워 보이기도 해 자주 보듬어 주고 싶게 만든다. 내가 원래 강아지 같은 남자를 좋아했었나?

*(4)*

며칠 전부터 애인과 나 사이에는 자신에게 고맙다

고 말하는 '나 자신아 고마워' 놀이가 유행이다. 아주 작은 일일지라도 하루 하나씩 스스로에게 고맙다고 말하며 격려하는 방식이다. 애인은 처음에 이 놀이를 아주 어려워했다. 자기 자신에게 고마운 게 없어 말을 할 수 없다고 말했다. 그러나 '이런 걸 고마워해야지, 저런 걸 고마워해야지'하며 내가 알려주는 건 의미가 없다. 절대 서로가 서로에 대해 칭찬하지 않는다. 나를 칭찬할 수 있는 건 오직 나. 그게 이 놀이의 룰이다.

뜨거운 여름에도 에어컨 바람 없이 고온다습한 화훼단지 안에서 일하던 애인은 그 시절 꿈에 그리던 식물 가게를 열었지만 생각보다 매출이 나오지 않자 조급해했다. 내가 보기엔 아직 가게 문을 연지 몇 달이 지나지 않았고, 꾸준히 하다 보면 뭐라도 된다는 믿음이 있어서 크게 문제가 될 게 없어 보였는데, 애인은 나와 마음이 달랐던 것 같다. 애인은 내게 자신의 우울을 고백하며 말했다.

"실패가 두려워서 시도하지 않는 것 같아."

그랬다. 스마트스토어를 만들어 놓고도 고가의 희

귀식물 외에는 상품 등록을 하지 않았고, 가드닝 하는 사람들이 편하게 입을 수 있는 반팔 티셔츠를 만들자고 해놓고 칠월이 다 가도록 제품이 나오지 않았고, 원하는 가게 이미지를 구현해내기 위한 집기도 들이지 않았다. 그런 시도를 통해, 최선의 노력을 통해 원하는 결과를 도출해 내지 못할까 봐. 멍청하지만 이해가 되는 마음이었다. 하지만 내가 보기에는 할 수 있는 게 너무 많은 사람이고, 가능성이 무궁무진한데, 하지 않는 애인이 그저 답답할 뿐이었다.

그런 애인이 서너일 지나자 자신에게 고마운 이유를 짜내기 시작했다. 엄마가 준 여름 열무를 넣고 밥을 비빌 때 옆에서 애인은 계란찜을 만들었는데, 그 조합이 기가 막혔다. 온탕과 냉탕을 오가듯 커다란 양푼과 냄비에 숟가락을 퐁당퐁당 담그며 먹고 있는데 애인이 말했다.

"계란찜 맛있게 만들어준 나 자신아 고마워."

이게 뭐라고 울컥했을까? 최선을 다해본 경험이 있는 사람은 결과만이 이야기의 결말이라고 생각하지 않는다. 애인이 그 노력의 맛을 알게 됐으면 좋겠다.

애인이 스스로 믿을 수 있는 힘을 가졌으면 좋겠다.
나는 애인을 믿는다고 말할 수 없지만 나를 믿는다.
애인을 고른 나의 안목을 믿는다.


(5)

열기가 꺼진 결혼 준비에 다시 불이 붙은 하루. 종
일 웨딩 촬영 레퍼런스를 찾고, 베일과 헤어밴드, 부
케와 부토니에를 검색했다. 프로포즈를 받고 한동안
결혼 준비에 미쳐 있다가 결혼식까지 한참이나 남았
다는 걸 깨닫고는 흥미를 잃었었는데, 웨딩 촬영을
앞두고 다시 재미를 붙인 거다.

웬만하면 결혼식을 하고 싶지 않았다. 딱히 입고 싶
은 드레스가 없을 만큼 웨딩드레스에 대한 낭만이나
로망도 없고, 초대할 손님도 많지 않아 필요성을 못
느꼈다. 그리고 무엇보다 지금껏 여러 결혼식을 가보
았지만 그다지 기억에 남지 않았다.

언젠가 내가 결혼을 하게 된다면 신혼집으로 사람
들을 초대해 좋은 술과 맛있는 음식을 나누어 먹으며
공식적인 결혼을 대신하고 싶었다. 어른들이 섭섭하

지 않게 양가 가족 다 같이 고급 리조트에 장기간 머물며 일명 호캉스도 하고 싶었다. 우리 세대는 자신의 몫을 챙기는 게 그다지 어렵지 않지만 나의 엄마나 애인의 부모님에게는 그런 경험이 생소하다는 걸잘 알기 때문에. 하지만 나도 애인도 집안에 개혼이라 작게라도 결혼식을 하길 원해서 프로포즈를 받고부랴부랴 예식장을 예약했다.

취향도 확고하고 기호도 명확해서 플래너나 디렉터는 필요 없었다. 야외 예식을 선택했고, 드레스는 이것저것 입어보고 싶지 않아 한 군데 업체만 가볼 계획이다. 특히 스튜디오 촬영은 친구 둘을 먼저 보내면서 따라갔던 경험이 있어 더더욱 하고 싶지 않았다. 야외 스냅도 마찬가지였다. 스튜디오에서 찍는게 아닐 뿐이지 다 똑같다고 느껴졌다. 그리하여 나와 애인은 이 모든 걸 둘이서 해내보기로 했다. 가끔은 가족이나 지인들의 도움을 받기도 하면서. 그렇게일궈낸 관계는 분명 더 힘이 있을 거라고 믿는다.

8월 초에 가는 제주에서 셀프 웨딩 촬영을 도전해보기로 했다. 실은 지난 홍천 여행 때 연습 삼아 30분 정도 사진을 찍어봤는데 쉽지 않았다. 다이소에서

산 삼각대는 1m만 떨어져도 블루투스 리모컨이 먹지를 않아 사진이 전혀 찍히지 않았다. 그런 줄도 모르고 열심히 찍었더랬지…. 오늘은 돈을 더 써서 카메라도 올릴 수 있는 튼튼한 삼각대도 주문하고, 애인의 방전된 카메라 배터리도 주문했다.

날씨가 더운 걸 감안해 꽃을 조화로 준비할지 아님 생동감을 위해 생화로 준비할지도 결정해야 한다. 자라에서 구매한 하얀 원피스에 어울릴 베일과 헤어밴드도 결정해야 한다. 나도 나지만 애인의 복장도 점검해야 한다. 그리고 이 모든 지출 내역을 꼼꼼히 기록해둬야 한다.

결혼 준비를 하면서 알게 된 사실 하나.
나는 선택을 좋아하는 사람이다.

## 사랑의 행태

두려움에 사로잡히면서도 끝끝내 깊게 빠지고야 마는 걸 보면 사랑의 행태는 가학적이기도 하다.

# 나의 호미

한 명의 사람과 남은 생을 함께 보살피기로 약속하
니 그 약속이 박완서 작가의 『호미』에 나오는 글과
매우 흡사하다고 느꼈다.

내가 여기 정착하려 한 것은 자연 친화적인 삶을 꿈꿨
기 때문도 도처에 도사린 불안을 몰라서도 아니었다. 그
냥 아파트가 너무 편해서, 온종일 몸 돌릴 일이 너무 없
는 게 사육당하는 것처럼 답답해서 나에게 맞는 불편을
선택하고자 했을 뿐이다. 내가 거둬야 할 마당이 나에게
노동하는 불편을 제공해준다.
- 박완서, 『호미』, 열림원, 2007, 29p

분명 두 사람이라서 불편할 일도 많겠지만 행복은
두 배가 될 수도 있다. 노동으로 일군 땅이 인간에게
식량이나 자연을 내어주는 것처럼 마음으로 일군 사
랑도 마찬가지다. 내가 반드시 지켜야 되는 게 오히
려 무슨 일이 있어도 나를 지켜주는 걸 경험하게 될

것이다. 누군가를 진정으로 사랑하게 되면 인간은 절
로 겸손해진다.

# 사랑이 되는 법

사랑이 거대할 때 미래를 약속하는 거라고 생각하 나요. 아니요. 그랬다면 나는 이미 오래전 누군가의 아내가 됐을 거예요. 뜨거울 때 미래를 약속하지 마 세요. 사랑의 제철이 지나 시들었을 때를 살피세요. 사랑이 의심스러울 땐 상대의 행동과 시간을 살피세 요. 그것들은 결코 거짓이 없답니다. 광범위한 사랑 과 형용하기 어려운 운명을 진정으로 헤아릴 수 있 는 날이 올 거예요. 우리의 약속이 위대하다고 말하 고 싶어요. 언제든지 깨질 수 있기에 언제나 노력하 는 우리를 감히 사랑이라 단정할래요.

# 정답은 사랑

단단한 대지가 되어줄 굳건한 사랑,
사랑의 결말이 아닌 더 깊은 사랑으로의 초대,
그저 정답은 사랑이라고 말할 수밖에

# 안정의 이면

 눈을 뜨면 하루가 시작되듯 사랑이 그런 습관적 양상을 보일 때 나는 안정을 맛보았고, 유년 시절에 채우지 못했던 부분들이 가득 차는 느낌이었지만 실은 크게 잃은 것도 있었다. 그리움과 외로움이다.

 또 잠이 오지 않았다. 애인과 함께 있을 땐 머리를 대자마자 쏟아지던 잠인데. 그러고 보니 애인의 집에서는 잘 자고, 잘 먹었다. 덕분에 내가 꽤 오래 불면에 시달렸다는 사실을 잊었다.

 외로움을 느낄 수 없을 만큼 일상이 촘촘해지자 더는 글을 쓸 수 없을 수도 있다고 생각했다. 애인 없던 밤에는 눈을 감기만 하면 글자들이 휘휘 날아다녔고, 잠들기 전에는 원래 그런 건 줄로만 알았다. 그저 쓰고 싶은 게 너무 많은 사람이라고 생각했다. 자려고 눈을 감았다가도 수십 번 눈을 뜨니 남들 잠든 하룻밤이 내겐 수십 밤이 되곤 했다. 애인과 함께 지내는 날 만큼은 안온감을 느끼며 모든 게 행복으로 가닿으면서 쓰고 싶은 게 없어진지 오래였다. 그게 때때로 깊은 슬픔이 되곤 했다.

 모처럼 주변에 아무도 없던 일요일에는 이상하게 안심이 됐다. 거울을 한 번도 보지 않은 하루였다. 초콜릿을 씹어 먹으며 보고 싶었던 영화를 보다가 잠시 멈추고 바깥에 나갔다. 누군가 내 책을 사준 덕에 약간의 돈이 생겼고, 나도 서점으로 가 누군가의 책을 샀다. 걷다가 발견한 노점에서는 나를 위한 꽃도 샀다. 오랜만에 내면이 청소된 기분을 느꼈다. 좋아하는 노래를 들으며 혼자 밤거리를 걷고 까만 하늘을 올려다보았을 땐 정말 행복했다. 눅눅한 마음이 바싹 마르고 바람이 맨살에 닿는 기분이 황홀에 가까웠다. 그날 내게 주어진 환경과 조건은 내가 매일 걷던 길마저도 다르게 느끼도록 했다. 비로소 떠나지 않고도 떠나는, 나이면서도 내가 아닌, 이상적이면서 동시에 생경한 경험이었다. 나는 혼자서도 행복할 수 있는 사람이구나. 이따금 틈을 비집고 짙은 먹구름이 껴 사랑을 자욱하게 만든다.

# 결혼은 미친 짓일까

애인과 지내면서 지극히 평범한 환경에 적응하지 못하는 내 모습을 발견했다.

가장 큰 충격은 냉장고에서 나는 냄새였다. 엄마가 냉장고 가득 김치통을 넣어두면 나던 냄새가 애인의 집에서도 났다. 좋아하는 물건들로 그럴싸하게 꾸며 놓은 공간이 그 냄새 한 번으로 단숨에 평범해졌다.

지금껏 우리 두 사람 사이에서 익숙한 냉장고의 모습은 여행지에서의 텅 빈 냉장고였다. 그때그때 마실 물과 음료, 필요한 만큼의 식료품만 있던 냉장고는 유명을 달리하고 이제는 정체불명의 검정 봉지가 쾌쾌하게 존재감을 드러내면서 냉장고는 호러에 가까운 모습으로 변모했다.

그 순간, 애인과 내가 사랑하는 사이라기보다 그냥 이 집에 있는 인테리어처럼 느껴졌다.

이후에도 충격은 연속적으로 이어졌다. 애인은 생수 뚜껑이나 치약 뚜껑 같은 물건의 뚜껑을 잘 닫지 않았다. 화장실을 쓰고 변기 커버 내리는 일을 자주 깜빡했고, 설거지를 다한 뒤에는 싱크대 물기를 제거하지 않았다. 한 번은 주머니에 종이 영수증을 넣은 채 세탁기를 돌리는 바람에 세탁물과 세탁기가 엉망이 된 적도 있었다. 이런 일들이 쌓이니 이 결혼을 해도 되는 걸지 자꾸 생각하게 된다. 아⋯ 결혼에 대한 환상이 없다고 생각했는데도 어렵다.

# 가족

한 사람을 오래도록 사랑하면서 아이를 낳아 기르는 기쁨과 슬픔에 대하여 자주 짐작하게 된다. 누군가를 사랑하는 일은 인생의 모든 경험을 축소판으로 거치게 되는 것과 같다. 감정의 스펙트럼이 넓어지게 되면서 생경한 조각을 마주하게 된다.

키가 크고 잘생긴 남자를 사랑했던 적이 있다. 경제적으로 부유한 남자를 사랑했던 적이 있다. 깡마르고 마음의 상처가 깊은 남자를 사랑했던 적이 있다. 그렇지만 지금 이 남자를 사랑하는 일은 처음이다. 고로 모든 사랑은 처음이다.

먼저 잠든 애인의 등을 쓰다듬다가 문득 술 취해 방으로 들어와 잠든 어린 나의 볼에 자신의 손과 얼굴을 비비던 아빠의 마음이 이랬을까 싶었다. 아이의 등이라고 하기엔 커다란 애인의 등을 수백 번 쓰다듬으며 주문처럼 이런 말들을 반복적으로 읊조렸다.

행복해져라, 행복해져라. 생이 얼마나 반짝이는 것인지, 황홀한 것인지 깨닫게 되기를. 잠든 네 꿈속이 평안하기를. 눈 뜬 뒤엔 사는 일에 의욕적인 사람이 되기를.

이게 무슨 마음인지는 잘 모르겠지만 마음이 뭉근하게 뭉쳤다.

나밖에 모르던 지난날과 달리 쇼핑을 안 한 지도 몇 개월이 지났고, 개인적인 소비 목록을 찾아보기 힘들게 된 지도 오래 지났다. 봄이 오면 꽃을 사오고, 여름이 오면 도시를 떠나 바다와 숲으로 차를 몰고, 가을이 오면 함께 만보를 거뜬하게 걸어주고, 겨울이 오면 붕어빵을 사오는 사람에게 나는 늘 받는 것에 곱절을 더해주고 싶어 요즘에는 이 사람이 그토록 갖고 싶어 하던 가죽 자켓을 사주기 위해 돈을 모으고 있다.

내일은 애인의 정기검진일이다. 처음 병원에 따라갔던 날, 환자와의 관계를 묻는 칸에 '가족'이라는 답을 적었던 장면이 어젯밤 꾼 꿈처럼 계속해서 떠오른다. 한 사람을 오래도록 사랑하면서 한 명이 몇 명분

을 해낼 수 있다는 걸 자주 느낀다. 그런 걸 보면 사
랑은 참 힘이 세다.

# 사랑하면 사소한 것들 쯤은 괜찮아

요 며칠 애인에게 바꾸라고 지적한 문제들이 너무
많았다. 생각해 보면 상대의 모든 점이 잘못됐다고
느껴졌던 이유는 순전히 내 이기심 때문이었는지도
모르겠다. 지금껏 애인은 내게 바꾸라고 강요는커녕
권유조차 한 적이 없었다. 그건 내가 잘해서도, 잘나
서도 아닐 텐데. 그런 순간에서만큼은 나보다 애인이
사랑을 더 잘했던 것 같다.

나이를 먹을수록 원하는 바가 확실해지고, 가치관
이 명확해진다. 거기서 조금만 어긋나도 곧장 상대를
비난하거나 남몰래 상대에게 낙인을 찍어버리는 일
이 종종 생겼다. 이제는 알고 싶다. 어설픈 정확성이
나를 지켜줄 때도 있지만 반대로 무너뜨리기도 한다
는 걸. 사랑하면 사소한 것들 쯤은 괜찮다는 걸.

# 어떤 날, 어떤 순간

애인을 깊고 촘촘하게 사랑하기 위해 얼마 전에 비공개 계정을 하나 만들었다. 알아채지 못하고 지나친 마음이야 어쩔 도리가 없다지만 내가 이미 애인을 통해 보고 느낀 감정들과 우리의 소중한 찰나들이 나의 무심함 때문에 힘을 잃는 건 참을 수 없는 슬픔이었다.

새벽 늦게까지 일하고 들어온 애인이 욕실 청소를 해두고 욕조 위에 곰팡이 제거 휴지를 다닥다닥 붙여둔 일, 먼저 일어나 테이블에 앉아 딱딱한 복숭아를 아삭아삭 먹고 있었는데 잠결에 '나도 복숭아 한 입만…' 하더니 그대로 다시 잠들던 애인의 모습, 바퀴 달린 거라곤 아무것도 못 타던 내가 애인 덕분에 자전거를 탈 수 있게 되던 날의 일기, 계절이 바뀔 무렵마다 비염이 터지는 애인을 보며 쓴 비염 관찰 일지, 6년을 만나면서도 처음 해본 글램핑, 동네 한 바퀴 걸으려고 세수랑 양치질만 하고 나섰다가 광명까지 가던 날의 산책, 상견례 마치고 식당 앞에서 다 같이 처음 찍어본 사진, 꼬깃꼬깃 모은 돈으로 애인에게 값비싼 선물을 할 수 있어 기뻤던 날, 출근하다 말고 다시 돌아와 건넨 하얀 종이봉투 안에 붕어빵 등등 이토록 하찮은 일상의 순간들이 과연 기록이 없었다면 또렷하게 기억될 수 있었을까?

사랑이 크다고 느낄 땐 게시물을 남기고, 사랑이 나약하다고 느낄 땐 남겨놓은 게시물을 들여다본다. 고단함을 이긴 애인의 사랑, 지지고 볶아도 언제나 한데 모이는 가족이 되기를 바라는 나의 염원, 오래 함께 했어도 아직 해보지 못한 게 훨씬 많다는 걸 알게 된 사랑의 성찰 같은 것들을. 내가 어떤 사랑을 받았고 어떤 사랑을 줬는지 기록하다 보면 영원히 기억할 수 있을 테니까.

# official

지금껏 단 한 번도 상대가 나를 좋아한다는 이유만으로 상대에게 내 마음이 쏠렸던 적은 없었다. 내가 사랑할 사람은 늘 내가 선택했다.

운이 좋게도 대체로 마음은 쌍방이었고, 그들이 하나같이 좋은 사람들이었다는 건 아무리 곱씹어 봐도 복이다. 과거의 사람들 덕분에 계속해서 내가 사랑할 사람을 용감하게 택할 수 있었다.

누군가와 함께 한 집에서 생활한다는 건 베개에 머리를 맞대고도 까르르 웃을 수 있는 일이었고, 때론 눈에 보이기만 해도 머리 뚜껑이 열릴 만큼 화가 나는 일이기도 했다. 그렇지만 그런 부분들이 좋다. 나를 웃게도, 울게도, 화나게도 하는.

나는 내게 행복만 장담하는 사랑은 믿지 않는다. 분명 우리는 자주 기쁘고 때때로 불운하다 느낄 수도 있을 테지만 그럼에도 언제나 함께 할 거라는 믿음,

굴곡진 삶에 대한 이해도가 있는 사람, 결혼은 언제든 그런 사람과 하고 싶었다. 그런 사람을 만났다는 기쁨과 우리 두 사람을 알고 있는 사람들에게 축복받고 싶다는 욕심은 난생처음이라 공식적인 기념비를 세우고 싶었다. 자랑하고 싶었다. 지금 이 담대하고 굳건한 마음을 말이다.

# 운의 기운

오래오래 기른 머리를 자르고 나온 애인의 모습이 낯설었다. 애인은 4년간 길러온 머리를 잘라내며 새로운 도약을 다짐했다고 했다. 변하기 위해 변화를 주었다고. 노란 고무줄로 잘 묶은 뒤에 댕강 잘라낸 머리카락은 잘 포장해 소아암 환자를 위해 기부했다. 다짐도 멋지고, 기부도 멋지고, 달라진 모습도 멋진 나의 애인에게 존경심 비슷한 마음이 들었다.

지금까지 살면서 내가 해본 기부라고는 초등학생 때 11월 말이면 학교에서 추진하던 크리스마스 씰 구매(이것도 기부라고 할 수 있나..?)가 전부였다. 책을 만들고 팔면서 받았던 마음을 돌려주는 날이 왔으면 좋겠다고 막연하게 생각만 하다가 애인의 기부를 보고 결심이 섰다. 결혼식을 마치고 우리가 시도할 수 있는 작은 선행을 해보기로 말이다. 세간에 쓰던 물건을 정리하다가 중고 거래를 하려고 했는데, 그러지 말고 작은 플리마켓을 열어 판매 수익금을 기부하

자고 했다. 웃으면 복이 오고, 사랑을 나누면 이 세상
이 건강하게 순환할 수 있지 않을까. 무엇보다 애인
과 함께라면 얼마든지 가진 걸 기쁘게 나눌 수 있을
것 같았다.

함께 성장하는 사랑. 억겁의 시간이 순차적으로 쌓
여 도달하게 될 목적지.

우리의 계단 같은 사랑을 위하여.

# 가장 거짓말 같았던 사람

가장 거짓말 같은 사랑의 역사가 진실로 깊어지기까지의 과정이 아직도 문득문득 믿기지 않아 일기를 뒤지곤 한다. 그땐 나의 비상구이자 가까운 도피처였고, 누군가와 사랑에 빠지기 이전에 잠시 숨을 고르고 가는 시간이자 단순한 경유지라고 생각했다. 아무도 우리가 결혼까지 하게 될 거라고 생각하지 않았다. 나마저도 그랬으니까.

호기심이 면적을 넓혀 사랑이 됐을 땐 헤어져야겠다는 다짐을 수도 없이 했다. 달라도 너무 다르고, 안 맞아도 너무 안 맞았기 때문이다. 처음에는 분명 나와 다른 구석이 많아 마음에 들었던 것 같은데, 이상하게 오래되면 될수록 잘 맞는 부분보다 안 맞는 부분이 훨씬 도드라졌다. 그도 그럴 게 지금껏 이보다 긴 연애를 해본 적이 없었다. 오래되면 될수록 안 맞는 부분을 볼 기회가 많아진다는 사실을 놓치고 있었던 거다. 그 사실을 깨닫고 나니 이보다 더 잘 맞는 연애는 없을 것 같았다.

 이제 애인은 내가 돌아갈 수 있는 작은 집이다. 마음이 들끓지 않아도 언제나 잔열감이 남아있다. 대저택이 부럽지 않을 수 있는 건 내 몸과 마음 구석구석이 포근하기 때문일 것이다. 우아한 이상과 엉망인 현실이 괴리감을 가져다주더라도 애인이 있는 작은 집의 문을 열고 들어서면 금세 우리만 있는 섬이 된다.

# 여자

나는 엄마도 여자라는 사실을 주변 또래 친구들보다 비교적 일찍 알아챘다. 보편적인 가정이라면 가족 구성원 내에서의 역할이 분명하겠지만 한 부모 가정인 우리 집은 그렇지 않았기 때문이다. 엄마는 엄마이기도 했다가, 아빠이기도 했다가, 내가 보살펴야 하는 아이이기도 했다가, 마음 터놓고 말할 수 있는 친구이기도 했다. 애인과 외박할 때면 사랑하는 건 좋은데 피임은 꼭 잘하라고 일러주었고, 조금 손해 보더라도 마음을 파는 약은 짓은 하지 말라며 강인한 조언을 해주기도 했다.

엄마라는 여자는 같은 디자인에 다른 색상으로 구성된 옷이 홈쇼핑에 저렴한 값에 나올 때만 주문 전화를 걸었다. 그런데도 속옷만큼은 무난한 색부터 시작해 레이스와 화려한 패턴까지 다양하고 거침없는 것들로 구매했다.

배송 온 속옷은 꼭 깨끗하게 세탁해 서랍 안에 고이 접어두었다. 비축이라도 하듯 입지 않을 속옷을 자꾸만 사는 엄마의 모습이 어릴 땐 이상하고 사치스럽게 보였는데, 엄마는 그때도 우리 집에서 가장 큰 여자였던 것이다.

엄마는 다른 엄마들처럼 나훈아와 조용필을 좋아하지만 그래도 가장 최애는 드라마 〈옷소매 붉은 끝동〉에 나온 이준호다. 팬사인회는 조금 남사스럽다면서도 콘서트에 가 응원봉은 한 번 흔들고 싶다는 엄마의 모습이 내 눈엔 그저 맑고 순수한 10대 소녀 같기만 하다.

엄마는 운동을 하진 않지만 건강을 생각해 매일 동네를 걷는다. TV 건강 프로그램에서 케일이 몸에 좋다고 하면 그날은 케일을 먹고, 아로니아가 좋다고 하면 아로니아를 찾아본다.

어느 날은 약속이 있어 나갈 준비하고 있는데, 엄마가 동네를 걷고 오겠다며 먼저 집 밖으로 나갔다. 몇 분 지나지 않아 나도 집을 나섰는데 저 멀리 걷고 있는 엄마의 뒷모습이 보였다. 나보다 작은 키와 체구.

저렇게 가녀린 여자가 자신의 삶을 나의 엄마로 기꺼이 내어준 시간들이 밀려와 울컥했다.

 늘 내게 따뜻한 끼니를 챙겨주는 여자. 일하느라 집 밖에 있을 때도 내가 편히 먹을 수 있게 요리를 해놓고는 '끓이기만 하면 돼'라고 적은 메모를 두고 나가는 여자. 자고 일어난 뒤에 어질러진 이불을 보고 잔소리를 하면서도 손수 이불 정리를 해주는 여자. 귤 먹으라는 말에 까먹기 귀찮아 안 먹는다고 말하면 혀를 끌끌 차면서도 껍질을 다 까서 입에 넣어주는 여자. 나는 이 여자처럼 누군가를 정성껏 사랑하며 살 수 있을까.

# 사랑의 면모

올바른 사랑의 길로 가기 위해서는 내가 받지 못하는 것들을 헤아리며 분노하는 대신 내가 상대에게 어떤 사랑을 주고 있는지 돌아볼 필요가 있다.

다정한 사랑. 내가 사랑하고 있는 이 사람이 최고라고 믿는 용기.

이 두 가지는 내가 가장 갈구하는 사랑의 면모이기도 하지만 역으로 내가 상대에게 그런 사랑을 주고 있는지 자문했을 때는 '아니오'였다. 그렇다면 그건 너무 불행한 일 아닌가. 가난한 사랑은 지옥이다.

# 편지들

나는 아직도 네게 편지를 쓸 때마다 새삼스럽게 놀라
곤 해. 합정에서 술을 마실 때까지만 해도 우리가 부
산에서 시간을 보내게 될 줄 몰랐고, 서울로 돌아와
다시 만나게 될 줄도 몰랐고, 연인이 될 줄은 더더욱
몰랐을뿐더러 이렇게나 긴긴 시간 짙은 마음으로 서
로를 아낄 줄은 정말 몰랐잖아. 이제 그만 놀라고 싶
은데 난 여전히 우리의 역사가 놀랍기만 해.

낮 공기가 텁텁해지고 해가 길어진 것으로 보아 이제
는 여름이 온 것 같아. 이맘때가 되면 두리 돈가스에
서 돈가스 먹고, 스타벅스에서 음료 테이크아웃 해서
가지고 나와 거리를 걷던 날이 떠올라.

우리는 무더운 여름에도 얼음이 가득 든 커피를 손에
쥐고 산책을 즐겼지.

선풍기조차 없는 가게에서 무제한 돈가스를 먹으면서도 우린 웃었지.

너랑은 이런 싸구려 행복도 너무 좋은데.

그날 땀 흘리면서 돈가스를 먹으면서 속으로 생각했던 마지막 문장이 결국에는 글이 됐잖아. 우리가 사귀기로 하고 처음 만난 날이었고, 내가 춘천에서 부랴부랴 왔기 때문에 여러모로 잊을 수가 없는 날이 됐네.

너도 알다시피 나는 겨울을 가장 좋아하는데 사실 요즘에는 잘 모르겠어. 모든 계절이 다 좋은 것 같아. 여름은 너무 더워서 질색을 했었는데 오늘은 나도 모르게 "사계절 중에서 여름이 독서랑 가장 잘 어울려. 독서하기 좋은 계절이 왔네." 하면서 좋아했어. 왜일까 이유를 찾다 보면 또 네가 있더라. 강릉으로 때이른 여름휴가를 떠났었잖아. 수영도 실컷 하고, 해변에 누워 책도 읽었지. 너는 핸드폰을 보았지만.

네가 퇴사 이후 공백기를 어떻게 생각할지는 잘 모르

겠지만 나는 그 시간이 정말 귀하고 좋았어. 내가 아
기는 아니지만 아빠들에게도 육아 휴직이 필요하다
고 생각해. 어릴 때 함께 했던 기억은 아기가 어른이
돼서도 올곧게 살아낼 수 있는 힘을 주는 것처럼, 우
리가 연애 초반에 많은 시간을 함께 바다와 숲을 향
하는데 썼던 일들이 아마도 현재의 우리 관계가 있기
까지 가장 큰 지분을 가지고 있을 거야.

오랜만에 너를 위해 움직여 보았어. 네게 처음 꽃을
주던 날이 좋지 않은 기억으로 남아 꽃 선물은 절대
안 하겠다고 생각했었지만 지금은 그 생각이 참 속
좁게 느껴져. 다시 한번 너를 위해 꽃을 고르고 네게
가는 걸음이 설레. 오늘은 무엇을 배웠을까? 새로운
일이 녹록하지 않겠지만 그래도 그곳에서 네가 소년
같은 모습을 보일 때면 나도 덩달아 함께 기쁘고 네
가 대견스러워. 언젠가 네가 만든 책상과 의자에 앉
아 글을 쓰고, 네가 만든 책장 가득 내가 쓴 책이 있
는 날이 오기를 바라. 너는 분명 고운 결을 가진 사람
이기 때문에 나무를 잘 만지는 사람이 될 거야.

우리의 관계가 성립되기 전부터 지금 이 시간까지
느꼈던 모든 감정들이 떠올라. 가끔 너를 탓하듯 말

하지만 지금 다시 그 시간으로 돌아간다고 해도 나는 변함없이 너를 만나러 부산을 가고, 너를 선택했을 거야. 고마워. 투박하지만 다정하게 사랑을 주는 네 덕분에 내가 평온한 사람이 되고 있어. 때때로 나오는 이기심과 변덕으로 내가 주는 사랑이 네게 닿지 않는 날도 있겠지만 언제나 너를 사랑하고 있다는 걸 알아줘. 사랑해. 곁에서 오랫동안 내 편지를 받아주렴.

$$\int$$

안녕. 의욕 없고 무기력한 네 모습에 적잖이 당황한 나야. 사실 스스로에게 와닿는 게 없는 이상 그 어떤 말도 네게 위로가 되지 않는다는 걸 잘 알면서도 잔소리를 늘어놓았던 건 내가 좋아하는 사람이 그런 모습을 하고 있다는 게 너무 속상해서 그랬어.

그냥 나는 더 바랄 것 없이 네가 열심히 행복하게 잘 살아줬으면 좋겠어. 누구 하나쯤은 널 위해 기도하고, 응원하고, 확고한 믿음을 준다는 사실을 망각하지 말고, 행복을 위한 마음이 굳건해지길 바라.

부산 가서 아는 사람들 만나 맛있는 거 많이 먹고 돌아와서 예쁜 나 많이 봐줘!

넌 내게 상냥함을 바랄 것 같아.
사실 잘은 기억 안 나지만 연애 초에는 지금보다 훨씬 너그럽고 상냥했던 것 같거든.
잦은 짜증과 투정 미안해.
그리고 내가 훈수충이라서 미안해.
마치 세상을 통달한 것처럼 말하는 게 있긴 하지.
그밖에 내게 어떤 모습을 바랄지는 잘 모르겠어.
미간 찌푸리지 않기? 우린 정말 안 맞는다고 말하지 않기?

네게 바라는 걸 말하기 전에 고마움에 대해 먼저 이야기 하고 싶어.
나 잘하고 있다고 격려해 주고, 요즘 먼저 전화도 자주 해주고,

내가 더 잘하겠다고 말해주는 것도 고마워.

나 평생 글만 쓰게 해준다는 약속도 고마워.

너는 너 스스로가 알고 있는 것보다 이상으로 현명하고 다정하고 겸손한 최고의 남자친구야.

내가 조금 더 욕심을 내보자면 평소에 내가 지나가듯 하는 이야기들을 놓치지 않는 섬세함을 네게 기대해. 예를 들면, 옛날에 내가 혼자 편의점 갔다가 그때 한창 네가 꽂혀있던 아이스크림 여러 개 사서 올라갔을 때 기억나? 네가 이걸 기억하고 사 왔냐면서 놀라더니 심지어 두고두고 먹으라고 여러 개 사 온 센스에 감탄했던 것처럼 나 역시 그런 사소함을 기억하고 있다가 챙겨주는 모습이 좋아.

그리고 네가 부지런한 사람이면 좋겠고, 무슨 일을 하던 스스로를 믿고 끝까지 가보는 뚝심을 가졌으면 해.

권태의 순간에도 내 마음을 돌아보게 해줘서 고마워. 이런 너라서 믿을 수 있고 앞으로 나도 더 노력할게. love you.

# 명과 암

가끔 삶이 고행이고, 수행이고, 기행이란 생각이 든다. 이제 좀 알겠다며 안도하면 반드시 내 뒤통수를 치거나 약을 올리거나 나를 굴복시키지만 그런 오만과 겸손의 반복을 통해 나는 분명 내가 조금 더 나은 인간이 되고 있다고 믿는다.

사랑하는 일 또한 비슷하다. 상대와 사계절을 수십 번 겪어도 결코 나는 한 사람에 대해, 한 사람과 나의 관계에 대해 속단할 수 없을 것이다. 특히나 인간만큼 불규칙하고 불특정하게 변화하는 존재는 또 없으니까.

오랜만에 자식들이 집에 오면 텅 빈 집이 꽉 찬 느낌이 든다는 사연 속 글을 보고, 역시 아이를 낳는 게 맞는 걸까 하고 잠시 생각했다. 그러다가도 출산과 육아의 과정으로 사회적 성장 기회를 박탈당해야만 했던 여성, 아이가 있어 참고 산다는 가정을 보면, 자식이 꼭 답이 돼주는 것도 아닌 것만 같다. 살면서 선택한 일들에 대해 단면적으로 설명할 수 없듯 어떤 선택이 더 낫다고 말하기도, 누구의 생이 더 낫다고 보기도 어렵다. 모든 일에는 반드시 명과 암이 존재하므로.

결국 우리는 저마다의 가치와 사랑을 담아 판단과 결정을 할 뿐이고, 그 결과에 순응하며 산다. 그게 전부다.

# 이별도 사랑의 결말

사랑의 결말을 보지 못했다는 사람에게 말해주었
다. 이별도 사랑의 결말이라고.

다른 사람의 이별 이야기를 들어주다가 내 지난 연
애 대부분이 일 년과 이 년 사이에서 끝났다는 사실
을 우연히 눈치챘다. 충분한 너그러움, 무해할 수 있
는 마음, 물리적 힘과 거리를 무시할 만큼 모든 에너
지를 상대에게 쏟을 수 있는 상태, 이것들이 지속 가
능한 최대한의 기간이 일 년과 이 년 사이가 아닐까.

그 시절의 사랑은 너무 나약하다. 쉽게 흩날린다.
사라진다.

무거운 의미만을 지닌 마음을 사랑이라고 부를 수
는 없겠지만 오래된 나무를 떠올리면 사랑이 어떤 의
미를 가지고 있는지 알 수 있다. 인간의 나이는 그냥
먹는데 비해 관계의 나이는 반드시 노력이 있어야만

한다. 오래도록 사랑하는 사람들은 권태라는 지겨운
싸움에서 승리한 뒤 더 깊은 사랑으로 초대받은 사람
들이다.

## 김은비

Kim Eunbi

.

사랑을 씁니다.

## 김은비 독립작품 활동

▼ 독립출판

스친 것들에 대한 기록물 (2014), 꽃같거나 좇같거나 (2015), 임시폐업 (2016), 이별의 도피처 사랑의 도시 (2017), 당신은 어떤 시간에 계신가요? (2018), 존재의 부재로 쓰임 (2019), 기억의 범람 (2020)

# BYEOL BIT DEUL

별빛들은 기존의 방식과 형식으로부터 자유로우며 독립적으로 활동하는 문학 작가들과 협업, 그들의 작품을 대중들에게 소개하는 문학 출판사입니다.

별빛들은 독립적으로 문학활동하는 작가와의 협업을 통해 '문학'과 '출판'과의 관계를 유연하게 만들고 엄격한 기준과 검열의 과정 없이도 탄생되고 있는 작가의 예술적 가치를 소개하여 문학의 다양화, 출판의 민주화를 유발하려 합니다. 나아가 다양한 영역에서 독립된 자아실현이 이루어지는 우리 사회를 응원합니다.

별빛들  작품선

# 사랑 이후의 사랑

| | |
|---|---|
| 초판 1쇄 발행 | 2023년 3월 31일 |

| | |
|---|---|
| 지은이 | 김은비 |
| 펴낸이 | 이광호 |
| 편집 | 김은비, 이광호 |
| 표지 디자인 | 이민영 |
| 내지 디자인 | 이광호 |

| | |
|---|---|
| 펴낸곳 | 별빛들 |
| 출판등록 | 2016년 8월 10일 제 2016-000022호 |
| 전자우편 | lgh120@naver.com |
| 홈페이지 | www.byeolbitdeul.com |

ISBN 979-11-89885-91-5